Syzan Crow

Arbeiten im Discounter.

Oder,

wie jemand in den

Pfandraum kackt.

13 Kurzgeschichten

Für Norbert

FSC
www.fsc.org
MIX
Papier aus ver-
antwortungsvollen
Quellen
Paper from
responsible sources
FSC® C105338

Impressum

Bibliografische Information der Deutschen Nationalbibliothek:
Die Deutsche Nationalbibliothek verzeichnet diese
Publikation in der Deutschen Nationalbibliografie;
detaillierte bibliografische Daten sind im Internet
über http://dnb.dnb.de abrufbar.

Foto: Syzan Crow
Karikaturen: Gitta Löwenstein

Herstellung und Verlag: BoD – Books on Demand, Norderstedt

ISBN: 978-3-7597-3449-5

Inhaltsverzeichnis

Einleitung

Fünfzehn Jahre habe ich mich als Verkäuferin in der Welt des Discounters bewegt. Ich habe in verschiedenen Märkten gearbeitet, sodass ich hier keinen Discounter namentlich nennen werde. Es gab gute und schlechte Zeiten. Für dieses Buch habe ich mir vorgenommen, über die weniger guten Seiten zu berichten, mit kleinen positiven Situationen. Diejenigen, die ebenfalls in diesem Gewerbe arbeiten, werden sich bestimmt wiederfinden. Andere erhalten einen Auszug aus dem Alltag einer Verkäuferin, genauer gesagt einer Kassiererin, wie ich es war. Diese Geschichten sind nicht erfunden, sondern haben sich tatsächlich so zugetragen.

Nachdem ich oft im Bekanntenkreis von den Ereignissen berichtet habe, sagte jemand zu mir, dass ich über mein Erlebtes ein Buch schreiben soll. Ausschlaggebend war aber dann mein Mann, der mich immer wieder aufgefordert hat, dieses Buch zu schreiben.

Und genau das habe ich getan.

Kapitel 1

Kundenvielfalt

Geöffnet ist der Discounter von morgens sieben Uhr bis abends zweiundzwanzig Uhr. Jede Tageszeit hat ihre besonderen Kunden. Morgens sind viele Rentner unterwegs und Mütter mit Kleinkindern. Zwischen zehn und elf Uhr herrscht oft Flaute, in der wenige Kunden im Markt sind. Ab Mittag kommen die Menschen, die jobbedingt Mittagspause haben und fix ihren Einkauf erledigen möchten. Ab vierzehn Uhr besuchen uns die Schichtarbeiter, erkennbar an der Arbeitskleidung. Die Büroleute sehen wir dann in einem ganz anderen Look ab sechzehn Uhr. Ab achtzehn Uhr gehen die Singles einkaufen. Diese erkennt man sofort an den Artikeln, welche sie einkaufen. Zum Abend kommen die besser betuchten Menschen. Aus welchem Grund auch immer. Zwischen einundzwanzig Uhr und zweiundzwanzig Uhr herrscht weniger Betrieb, sodass schon im Voraus aufgeräumt und geputzt werden kann.

Die Rentner haben immer Zeit, so die allgemeine Meinung. Das ist leider nicht so. Rentner haben keine

Zeit, zumindest nicht bei ihrem Einkauf. Dennoch habe ich großen Respekt vor sehr alten Menschen, denn so alt, wie manche sind, muss ich erst einmal werden. Gern helfe ich ihnen, wenn ein Artikel zu schwer oder nicht erreichbar ist. An der Kasse nehme ich ihnen das Kleingeld ab, auf den Cent genau. Als der Euro eingeführt wurde, waren viele überfordert und das nicht nur ältere Herrschaften. An der Kasse allerdings werden Rentner zu richtigen Biestern – nicht alle wohlgemerkt. Sie lassen niemanden vor und schieben auch gern ihren Einkaufwagen so weit vor, dass dieser in den Hacken des Vordermannes bremst. Der Vordermann, nicht begeistert, meckert natürlich und schiebt mit Schwung den Wagen zurück. Manche treten ihn auch zurück, ohne zu schauen, wer hinter ihnen steht.

Die Mütter mit Kleinkindern habe ich nur genervt kennengelernt. Total überfordert mit dem Geschehnis Einkauf, in Kombination mit Kind oder mehreren Kindern. Warum ist das so? Das frage ich mich bis heute. Gekauft wird meist günstig. Aber eine Sache ist mir hier immer wieder aufgefallen. Der Einkaufswagen randvoll und es bedarf etwas Zeit, alle Artikel auf das Kassenband zu legen. Aber warum halten die Frauen das Portemonnaie und den Autoschlüssel in einer Hand fest und mit der anderen wird dann Teil für Teil der Einkaufswagen ausgepackt? Mit beiden Händen würde das doch viel schneller gehen.

In der Mittagspause kaufen viele Menschen ein, damit sie nach Feierabend direkt nach Hause fahren können. Oder um etwas für die Pause zu holen. Oder aber als Zeitvertreib. Manche kommen täglich und da habe ich mich oft gefragt, wie diese Leute das finanzieren. Jeden

Tag einkaufen. Das Handy am Ohr laufen sie laut redend durch den Markt. Manche tun aber auch nur so, als wären sie wichtig. Diese schauen dann von links nach rechts, ob andere sehen, wie beschäftigt und wichtig sie sind. Aufmerksamkeitsdefizit haben wir dazu gesagt. Mit den Gedanken nicht komplett beim Telefonat und nicht beim Einkauf. Es wird am Telefon gestritten, Geschäftliches besprochen. Die Menschen können keine Luft mehr holen, so beschäftigt und das in der Pause. Bezahlt wird, bevorzugt mit Karte, auch wenn es nur ein Sandwich und ein Getränk ist. Zwei Euro achtzig wird mit der Karte bezahlt. An einem Tag war unsere Kartenzahlung ausgefallen und da habe ich bemerkt, dass einige Leute gar kein Bargeld dabeihatten, somit auch nichts kaufen konnten. Der Unmut war groß. Als Kassiererin hörst du dir dann das Gemecker an und der Entschuldigungsspruch klingt wie eine kaputte Schallplatte, immer wieder dasselbe. Zaubern können wir an der Kasse allerdings bisher nicht.

Die Schichtarbeiter erkenne ich an der Arbeitskleidung. Jede Firma im Umkreis hat ihre eigenen Farben und so erkenne ich schon von Weitem, wer wo arbeitet. Diese Kunden kaufen genau das, was sie für das Abendessen benötigen. Das auch schnell und eilig, denn sie wollen nur nach Hause und nehmen sich nicht die Zeit, in Ruhe den Einkauf zu erledigen. Sie haben Feierabend im Kopf. Gelegentlich fragt jemand, ob wir ein bestimmtes Angebot noch haben. Leider schaffen es die Menschen, die nur Frühschicht arbeiten, an den Aktionstagen nicht zur Geschäftsöffnung zu uns und so verpassen sie oft gute Angebote. Für einen jungen Mann habe ich stellenweise etwas zurückgelegt, obwohl wir das nicht dürfen. Er hat mich so höflich gefragt, da konnte ich nicht nein sagen. Die Schichtarbeiter habe ich noch nie unfreundlich erlebt.

Nun kommen wir zu meiner Lieblingsgruppe, den Büroleuten. Diese Sorte Menschen erkenne ich direkt, denn sie sehen aus, wie aus einem Modekatalog. Vor allem die Banker und Versicherungsvertreter. Ich weiß nicht, warum das so ist, aber sie werden unseren Job als Verkäufer nie verstehen. Soll ich jetzt höflich oder ehrlich weiterschreiben? Ich entscheide mich für ehrlich und möchte hier betonen, dass nicht alle gleich sind, aber die, die ich kennengelernt habe, verhielten sich uns gegenüber nur von oben herab. Für diese Leute sind wir minderwertig in unserem Tun. An der Kasse begrüßen wir Kassierer jeden Kunden freundlich und schauen zu, dass der Kassiervorgang zügig erledigt wird. Jeden Tag hat irgendjemand etwas zu meckern, wofür wir Mitarbeiter nichts können. Die Sahne fehlt und wir sind unfähig zu bestellen. Ein Versicherungsmann, sein Emblem am Hemdkragen verriet seinen Job, beschimpfte mich einmal als Nichtsnutz. Ich hätte besser was Vernünftiges lernen sollen. Vorausgegangen war folgende Situation: Er wollte Zigaretten kaufen und ich bekam den Zigarettenständer nicht auf. Das Schloss hakte. Ich habe dann eine Kollegin gerufen, die aus ihrem Zigarettenständer die gewünschte Sorte nahm. Ich habe ihm geantwortet, dass er mich in Ruhe lassen soll. Solch ein Verhalten ist einfach nur unverschämt, weil der Mann nichts über mich weiß.

Zum Abend hin wird es ruhiger und die Singles kommen zum Einkauf. Dieser Einkauf zeichnet sich durch die Produkte aus, die ein Single kauft. Kleine

Packungen, kleine Mengen und fast immer ohne Einkaufswagen. Sie bringen ihre eigenen Taschen oder Körbe mit und kaufen darin ein.

Allerdings ist das Volumen einer Tasche begrenzt und so wird auf dem Arm weiter gestapelt. Was dazu führt, dass etwas herunterfällt. Interessanterweise immer die Weinflasche, die oben auf dem Turm zur Kasse balanciert wird und ihr Eigenleben in Richtung Fußboden entwickelt. Diese Flasche aufzufangen, funktioniert leider nicht, denn in der anderen Hand werden noch mehrere kleine Artikel festgehalten. Wenn eine Weinflasche zerbricht, hinterlässt sie eine 3 x 3 m Pfütze mit Scherben. Oft haben wir uns beim Putzen geschnitten. Nicht alles kann die Putzmaschine aufsaugen und sie passt halt nicht in jede Ecke.

Der Abend bringt die besser Betuchten zu uns in den Markt. Diese Menschen erkenne ich an den Artikeln, die sie einkaufen. Teuren Wein, Lachs, Trüffel. Wenn ich sie vor dem Regal beobachte, erkenne ich, dass sie nicht das Preisschild lesen, sondern den Artikel. Sie kaufen oft Markenprodukte, keine Eigenmarken. Sie sind freundlich und höflich.

Jeder Mensch ist einzigartig und individuell in seinem Tun. Manche sind besonders, andere speziell. Aber wir sind alle Menschen und möchten auch so behandelt werden.

Kapitel 2

Schlägerei am Aktionstag

Bleibt noch zu erwähnen, dass sich an Aktionstagen diese vielen verschiedenen Kunden bunt zusammenwürfeln. Je nachdem, welche Artikel im Angebot sind, bilden sich vor der Eingangstür lange Schlangen. Die Kunden stehen wie an der Kette aufgereiht, einer nach dem anderen in der Reihe und warten. Besonders beliebt sind Fernseher, Handys und Computer. Wenn diese angeboten werden, herrscht Ausnahmezustand. Vor dem Eingang wird bereits um die besten Plätze gerangelt. Ein Einkaufswagenkampf auf der Parkplatzarena. Sie müssen sich das wie einen Hahnenkampf vorstellen. Den Vogel hat ein Kunde abgeschossen. Er glaubte, sehr pfiffig zu sein und ist über die Laderampe durch das Rolltor in den Markt gelaufen. Das Tor stand noch von der Belieferung offen. Wir haben ihn rasch bemerkt und mit freundlichen Worten aus dem Ausgang wieder zurück in die Menschentraube geschoben. Er protestierte heftig, beschimpfte uns, doch das nutzte wenig, denn draußen konnte er sich an das Ende der Warteschlange begeben. Womit er natürlich auch nicht einverstanden war. Fünf Minuten vor Einlass werden die Kunden schon nervös und an den Einkaufswagen startet der Turbo. Die Kunden schieben die Wagen nervös vor, um noch fünf Zentimeter Vorsprung zu erkämpfen. Wie im Straßenverkehr. Die Wagen klappern aneinander und das Geschrei um den besten Platz geht von vorn wieder los.

Wenn sich dann endlich die Schiebetür öffnet, um den Weg in den Markt freizugeben, kommt niemand hinein, weil alle zur selben Zeit nach vorn fahren und sich in der Tür verkeilen. Den Knoten müssen sie selbst auflösen. Wir Verkäufer schütteln dann nur noch mit dem Kopf über solch kopfloses Verhalten. Zwei Schiebetüren mussten bereits innerhalb kürzester Zeit ersetzt werden. Einem Kunden wurde gegen den Knöchel gefahren und wir mussten den Krankenwagen rufen, denn durch den Zusammenprall im unkontrollierten Turbotempo war sein Knöchel gebrochen.

Der Markt wird zur Rennbahn umfunktioniert. Ich hatte schon überlegt, eine schwarz/weiß karierte Fahne zu besorgen, um den Start zu signalisieren. Die Kunden rennen durch den Markt zur Aktionsfläche, benutzen die Einkaufswagen als Skateboard und kämpfen um die Angebote. Schlimm wird es, wenn Fernseher beworben werden und wir nur fünf geliefert bekommen haben. Ich habe nie verstanden, warum nicht mehr zur Verfügung gestellt werden. Eine Antwort suche ich heute noch. An diesem besagten Tag gab es Smart-TV. Viele Kunden bildeten regelrecht eine Menschentraube um die Palette. Ich hörte nach einer Weile lautes Geschrei und sah, wie sich zwei Männer mit der geballten Faust ins Gesicht schlugen. Es ging um einen Fernseher, den Letzten. Meine Kollegen und ich, mithilfe mehrerer Kunden, konnten die Streithähne auseinanderreißen. In der Zwischenzeit hatte sich aber ein anderer Kunde unbemerkt diesen hart umkämpften Fernseher genommen. Niemand von den beiden hatte etwas erreicht. Die Polizei haben wir in dem Fall nicht gerufen. Die beiden Männer haben weiter eingekauft und friedlich den Markt verlassen.

Auf dem Parkplatz ging der Streit aber weiter und es flogen Bananen und Himbeeren quer über den Parkplatz. Gut, dass nicht Silvester war und wir an diesem Aktionstag keine Feuerwerkskörper im Angebot hatten. Sonst wäre unsere Filiale noch in Flammen aufgegangen. Zum Feierabend habe ich mich gefreut, dass die Kontrahenten nicht auch noch ihre Autos als Waffe eingesetzt haben.

In den fünfzehn Jahren Discounter habe ich wirklich viele Menschen gesehen. Zu einigen habe ich heute noch Kontakt, andere möchte ich nicht wiedersehen.

Kapitel 3

Spinne im Bananenkarton

Obst und Gemüse gibt es heute in jedem Discounter in Hülle und Fülle. Exotische Spezialitäten, wie auch heimische Gemüsesorten.

Jeden Tag bestellen wir frische Ware, die am nächsten Morgen geliefert wird. Mehrere Paletten hochgestapelt. Dass das Herunternehmen der schweren Melonen- oder Bananenkisten ein Kraftakt ist, erwähne ich hier noch einmal ausdrücklich. Leichte Arbeit sieht anders aus. Ich habe immer gesagt: „Wenn du im Discounter arbeitest, benötigst du kein Fitnessstudio mehr."

Täglich kommen ungefähr acht bis zehn Kisten Bananen. Diese nehmen wir von der Palette herunter und platzieren sie auf dem dafür vorgesehenen Plateau am Ende der Obst- und Gemüsetheke. Die unteren Kartons lassen wir geschlossen und platzieren die oberen Kartons geöffnet. Auf die oberen Bananen legen wir noch einige lose locker darauf. Aufgebaut wie eine Pyramide. Selbstverständlich packen wir nicht jeden Bananenkarton aus. Im Laufe des Tagesgeschäftes räumen wir auf, entfernen leere Kartons und dekorieren die restlichen Bananen, damit das Regal wieder voll aussieht. Da das Obstregal nicht weit von der Kasse entfernt war, gehörte es an diesem Tag zu meiner Aufgabe, sporadisch beim Obst- und Gemüseregal nach dem Rechten zu schauen und aufzuräumen.

Als ich zu den Bananen kam, traf mich der Schlag. Ich wollte gerade dorthin greifen. Eine circa fünf Zentimeter große Spinne saß auf einer Banane. Mir stockte der Atem. Die Spinne war schwarz-braun, pelzig, dicke Beine und ein fetter Körper. Ich konnte ihre Augen erkennen und sie sah mich an. Wie in Zeitlupe bewegte ich mich rückwärts und wagte kaum zu atmen. Über den Sprechfunk rief ich die Filialleitung, sie möchte bitte SOFORT zu den Bananen kommen. NOTFALL fügte ich noch hinzu. Die Kollegin, die an diesem Tag die stellvertretende Filialleitung hatte, kam sofort. Wenn über Funk das Wort NOTFALL gesagt wird, sollen wir alle zu Hilfe kommen und genau das passierte gerade.

Alle Kollegen kamen zu mir. Die Spinne saß immer noch ruhig auf den Bananen und schaute sich das Geschehen an.

Für solch einen Fall gab es einen Notfallplan in unseren Märkten. Als Erstes, alle Kunden sofort raus aus dem Markt. Das musste ruhig erfolgen, denn die Kunden sollten freundlich ohne ihren Einkaufswagen nach draußen komplementiert werden. Ein Kollege setzt einen Notruf bei der Feuerwehr ab, ein anderer Kollege beobachtet das pelzige Tierchen, wohin es eventuell läuft, ohne sich selbst in Gefahr zu bringen. Die Spinne blieb genau dort auf den Bananen sitzen. Eine Kollegin fragte mich, ob sie noch lebt. Und ich antwortete ihr, als ich sie gefunden habe, hat sie sich bewegt. Viele Kunden waren zu diesem Zeitpunkt nicht im Markt und er war schnell geräumt. Die Kunden wollten natürlich wissen, warum sie gehen müssen, was denn los sei und ich gab ehrlich Auskunft über unseren tierischen Besucher.

Nach zehn Minuten war die Feuerwehr vor Ort und die Feuerwehrleute kamen in den Markt. Die Spinne war mittlerweile von einer Banane zur anderen gewandert und saß nun dort. Unsere Filialleitung hatte in der Zeit auch die Bezirksleitung über unsere außergewöhnliche Situation informiert. Ein Feuerwehrmann sagte uns, dass er den Kammerjäger gerufen habe. Der aber erst in einer halben Stunde vor Ort sein kann. Der Bezirksleiter hatte uns angehalten, wenn die Feuerwehr da ist, ebenfalls den Markt zu verlassen und draußen, auf dem Parkplatz, auf ihn zu warten. Gesagt, getan und wir verließen den Laden. Einige Feuerwehrleute blieben im Gebäude. Nach einer gefühlten Ewigkeit kam der Kammerjäger und unterhielt sich mit der Feuerwehr, die in der Wartezeit den Eingangsbereich weiträumig abgesperrt hatten. Alles sah aus, wie bei einem Bombenfund. Mittlerweile war auch ein Polizeiwagen vorgefahren und die Beamten erkundigten sich, ob noch Hilfe benötigt wird. Wir Verkäufer standen nur da und warteten auf den Bezirksleiter. Dieser traf einige Minuten nach dem Kammerjäger ein und erkundigte sich bei uns, was vorgefallen war. Da ich die Erste am „Tatort" war, musste ich alles berichten und beschrieb das Tierchen in allen Facetten. Der Bezirksleiter schüttelte sich und erzählte, dass er schon mal solch einen Einsatz erlebt hatte. Dabei war die Spinne allerdings unter ein Regal gelaufen und es mussten mehrere Meter davon abgebaut werden, um sie zu fangen. Das berichtete auch der Kammerjäger, dass er sie fangen will, nicht töten.

Nach ungefähr zwei Stunden war der Spuk vorbei. Die Spinne war wohl noch benommen von dem Gas, welches vor dem Transport in die Bananenkisten gesprüht wird und so konnte der Kammerjäger sie von den Bananen herunternehmen und in eine passende Schachtel setzen. Die restlichen Bananen hat er nachgeschaut, aber nichts Verdächtiges mehr gefunden.

Seit dem Ereignis bin ich, sogar heute noch, vorsichtig, wenn ich in eine Bananenkiste greife. Weitere blinde Passagiere möchte ich nicht finden.

Wie es der Spinne heute geht, weiß ich nicht. Ich hoffe für sie, dass sie sich von dem Schock erholt hat und für mich, dass sie weitere Familienmitglieder zu Hause gelassen hat.

Kapitel 4

Rempeln im Pfandraum

Unsere tägliche Aufgabe ist es, den Pfandraum regelmäßig zu säubern und aufzuräumen. Bei zwei Pfandautomaten benötige ich dazu ungefähr dreißig Minuten. Zunächst putze ich einen Automaten, sodass die Kunden den anderen noch benutzen können. So auch an diesem Tag. Am Ende des Monats herrschte an diesem Tag viel Betrieb an den Pfandautomaten. Das Putzzubehör hatte ich schon in einer Ecke verstaut und kümmerte mich um den ersten Automaten. An dem anderen stand eine Frau mit vier großen Plastiktüten, diese gefüllt mit reichlich leeren Flaschen.

Ein Mann betrat den Pfandraum. In seiner Hand eine Tüte mit vier leeren Flaschen. Direkt maulte er mich an, was ich hier machen würde. Ich solle voranmachen, er hätte nicht ewig Zeit, auf meine Putzerei zu warten. Diesen dummen Spruch habe ich schweigend ignoriert. Denselben Spruch musste ich mir aber noch mal anhören, allerdings nun mit dem Zusatz, ob ich taub sei. Daraufhin habe ich mich umgedreht und habe ihm freundlich gesagt, dass ich noch ein paar Minuten benötige und es dann weitergeht.

Die Frau wich schon ein kleines Stück zur Seite, war aber immer noch mit ihren Flaschen beschäftigt. Die Situation war ihr sichtlich unangenehm. Keine drei Sekunden später wurde ich erneut angemault, ob ich zu dumm wäre, hier sauberzumachen oder warum würde das so lange dauern.

Das war zu viel für mich und ich bin, mit Sprühfix und Küchenrolle bewaffnet zu dem Kunden hin und habe ihm klar zu verstehen gegeben, dass es jetzt mit seiner Maulerei reicht und er sofort den Raum verlassen soll. Daraufhin rempelte er, warum auch immer, die Frau an und meinte, wir seien doch alle nur doof. Er könne auch anderswo einkaufen, er bräuchte uns nicht. Die Frau, die nichts getan hatte, stand wie versteinert da und ich habe ihm hinterhergerufen, dass er sich hier nicht mehr blicken lassen soll.

Kapitel 5

Seltsame Gerüche

an der Kasse

Zu unseren Aufgaben an der Kasse gehört es in erster Linie immer freundlich zu bleiben, welches mir zu 99 % auch gelingt. An diesem Samstagmorgen hatte ich die erste Kasse. Die erste Kasse zu haben bedeutet, dass meine Aufgabe in dieser Schicht nur aus Kassentätigkeiten besteht. Ich bewege mich aus dem Kassenbereich nicht weg.

Die Frühschicht an Samstagen an der Kasse ist in den ersten Stunden eine Herausforderung. Ich hasse dieses Wort, aber hier passt es genau. In meiner Laufbahn habe ich beobachtet, dass am Samstagmorgen vorwiegend Männer einkaufen kommen. Manchmal mit Kindern, oft allein. Sie kaufen Dinge für das Frühstück, ab und zu erledigen sie auch den Großeinkauf. Ich kann nur spekulieren, dass es vielleicht in der Familie eine

Abmachung gibt, dass der Mann am Samstag den Einkauf erledigt.

Das Schlimmste für uns Verkäufer an der Kasse aber ist der Geruch, den manche Männer mitbringen. Ein Gemisch aus Alkohol, Schweiß und Knoblauch. Das nahm mir den Atem. Oft musste ich würgen, wenn sich dann auch noch dieses Individuum zu mir herunterbeugte, um nach Kleingeld zu suchen. Mir dann auch noch ein -ich bin gleich soweit- entgegen hauchte und dieses Geld in die Hand drücken wollte. Auf diesen Satz habe ich meist geantwortet: „Nein, bitte nicht." Er hat das nicht verstanden.

Als Verkäufer darfst du wirklich nicht empfindlich sein. Manche Leute hielten sogar meine Hand fest, wenn sie mir Kleingeld reichten. Wieso auch immer? Wollen die mich heiraten? Seitdem mir das bewusst wurde, von vielen Leuten angefasst zu werden, was ich gar nicht mochte, bat ich immer darum, das Geld auf die Kassentheke zu legen. Dort konnte ich ohne Berührungen das Geld einsammeln.

Zurück zu dem müffelnden Kunden und zu den 1 %, bei denen ich nicht mehr freundlich bleibe. Meine oben angesprochene Freundlichkeit war in diesen Situationen nicht mehr vorhanden, denn ich habe bei manchen Kunden kein Wort gesagt, um sie nicht auch noch in ein Gespräch zu verwickeln, damit sie so schnell wie möglich den Markt verlassen. Einigen Kunden habe ich frech den Rat gegeben, ein Deo zu kaufen, damit ihre Umgebung sie erträgt. Das konnte ich mir nicht verkneifen.

Bis heute verstehe ich nicht, warum manche Leute so schrecklich stinken. Seife gibt es in der Filiale schon für fünfundfünfzig Cent. Der Mensch, der so abartig roch, war weg, hatte den Markt verlassen. Jedoch hinterließ er seine Duftmarke im gesamten Kassenbereich, die sich minutenlang hielt. Kennen sie das, wenn ein Kater seine Umgebung im Wohnzimmer markiert? Wochen später stinkt das noch.

Das Problem an der ganzen Sache war, dass die folgenden Kunden dachten, dass ich so stinke. Nicht hinnehmbar für mich. Ich hatte an diesen Tagen vorgesorgt und ein Deo an meine Kasse gelegt, um nach den übelriechenden Leuten meinen Kassenbereich bis zum Ausgang mit Deo zu besprühen. Das Deo ging natürlich auf Kosten des Hauses. Es half ein wenig.

Dies sind keine Einzelfälle und es passiert immer an den Samstagen. Heute noch.

Kapitel 6

Diebstahl

Im Discounter wurde und wird sehr viel gestohlen. Die Waren sind zwar teilweise mit Diebstahlsicherungen versehen, doch diese hält die Leute nicht davon ab, Dinge zu stehlen. Mitgenommen werden alle Artikel, ob teuer oder günstig. Eine Liste der bevorzugten Artikel, die gestohlen werden, spare ich mir hier, denn allgemein wird alles gestohlen, was nicht angekettet war oder in einer verschlossenen Vitrine auslag. Jede Woche stellten wir mindestens einen Dieb. Gelegentlich beschäftigten wir in den Filialen einen Detektiv, der noch mehr Leute schnappte. Die Polizei war wochenlang Stammgast, wir nannten uns mittlerweile beim Vornamen.

Aber eine Situation ist mir im Gedächtnis geblieben, weil sie mich sehr berührt hat.

Während meiner Schicht war sehr viel zu tun, viele Kunden und ein großes Gewusel im Markt. Es war kurz vor Ostern. In dieser Schicht hatte ich die Aufgabe der stellvertretenden Filialleitung. Eine Kollegin kam zu mir und flüsterte mir zu, dass sie einen Mann dabei beobachtet hat, dass er etwas in die Innentasche seiner Jacke gesteckt hat. Sie können mir glauben, es ist immer sehr unangenehm, jemanden aufzuhalten, nachdem er bezahlt hat, ihn des Diebstahls zu beschuldigen und dann auch noch dazu zu bewegen, mit in unser Büro zu kommen. Und das, ohne großes Aufsehen zu erregen. Einige kommen wortlos mit, andere verteidigen sich verbal lautstark, sodass andere Kunden sehr aufmerksam werden.

Der Mann, den meine Kollegin im Auge hatte, war etwas älter. Ich schätzte ihn Mitte sechzig. Sein Haar war grau und wuschelig. Seine Kleidung schmutzig, alt und abgegriffen. Seine Schuhe hatten Löcher, aber er roch wenigstens gut.

Nachdem meine Kollegin mir von ihrer Beobachtung berichtet hatte, bin ich durch eine freie Kasse in den Kassenvorraum gegangen. Beschäftigte mich mit belanglosen Dingen, wie Handzettel ordnen. Nur um zu schauen, wann der Mann durch die Kasse kommt. Er bezahlte zwei Päckchen Knäckebrot und wollte Richtung Ausgang gehen. Ich habe mich in seinen Weg gestellt und ihn freundlich gebeten, mit mir zu kommen, denn wir hätten ihn beim Diebstahl beobachtet. Er sah mich ausdruckslos an, senkte seinen Kopf und sagte nichts. Solch ein Verhalten hatte ich bisher selten erlebt. Leise sagte er dann, dass er mitkommen würde. Mit meiner Hand wies ich ihm freundlich den Weg, ohne weitere Worte. Er ging voran in unser Büro. Dort bat ich ihn sich zu setzen und sagte ihm erneut, dass wir gesehen haben, dass er etwas eingesteckt hat. Sofort griff er in seine sehr große Innentasche und holte die Artikel hervor. Mit immer noch gesenktem Kopf sagte er mir, dass es ihm sehr leidtut. Er sei obdachlos und hätte sehr wenig Geld. Er entschuldigte sich mehrmals. Die Artikel, die er auf den Tisch legte, ließen mich staunen. Er hatte Hundefutter gestohlen.

In diesem Moment war ich sprachlos und gerührt zugleich. Gestohlen, weil sein Hund Hunger hatte. Weiter sagte er, dass sein Hund auch Knäckebrot und alte Brötchen mag, sich aber auch ab und zu über Hundefutter freuen würde. Ich war den Tränen nah und rief über Funk nach einer Kollegin. Meine Kollegin benötigte ein paar Minuten zu mir und in der Zeit erklärte ich dem Mann, dass ich nicht die Polizei rufen werde, ich aber eine Idee hätte. Wenn er oder sein Hund Hunger haben, soll er sich bitte bei uns melden. Wir haben immer Lebensmittel, die wir nicht mehr verkaufen können und würden ihm davon etwas geben. Der Mann schaute mich an, als würde ich Chinesisch reden, lächelte aber. Dann sagte ich ihm noch, dass ich für heute noch etwas für ihn habe. Er möchte bitte hier mit meiner Kollegin ein paar Minuten warten. Ich ging mit den geklauten Artikeln und meiner Geldbörse zur Kasse, bezahlte diese paar Sachen, kam wieder zurück und gab sie ihm. In seinem Gesicht konnte ich Fassungslosigkeit und Dankbarkeit sehen. Dann sagte ich ihm, dass ich gerne mit nach draußen kommen würde, um seinen Hund kennenzulernen. Sein Hund wartete artig am Fahrradständer.

Wir haben uns freundlich verabschiedet und ich habe diesen Mann nie wieder gesehen.

Kapitel 7

Schlägerei an der Kasse

Wenn sich zwei Männer in der Filiale begegnen, die sich nicht leiden können, ist das eine unschöne Situation. Wenn sie allerdings hintereinander an derselben Kasse stehen, ist das ein Zusammenschluss fataler Zufälligkeiten. Oder Absicht?

Der Streit, zwischen den beiden, begann in der Schnapsecke, zog sich an der Sahne vorbei in Richtung Schinken. Getrennt haben sie sich beim Toilettenpapier und beim Waschmittel fanden sie erneut zueinander. Der Streit zog eine Schleife durch die Filiale. Bei den Zeitungen verloren sie sich und es herrschte Ruhe.

Bis diese zwei Männer an meiner Kasse standen. Der Vordere hatte den Kontrahenten hinter sich nicht bemerkt, bis er sich zu den Kaugummis umdrehte. Es entfachte sofort wieder ein heftiges Wortgefecht, ausgehend von dem Vorderen, mit wilder Gestik. Der hintere Mann sagte zunächst nichts, drehte sein Gesicht gelangweilt zur Seite.

Zur Unterstützung hatte ich meine Kollegen herbeigerufen, denn in dieser Situation wollte ich nicht eingreifen. Bei dem Streit ging es um die Ehefrau, die mit dem anderen im Bett gelandet war. Exakte Einzelheiten wurden preisgegeben und ganz plötzlich stand an den Kassen alles still. So als hätte man bei einem Film die Pausetaste gedrückt. Kein Kollege kassierte mehr, kein Kunde packte ein. Jeder hörte zu. Zum Höhepunkt kam es zwischen Kaugummi und aufgebautem Chipstüten Aufsteller.

Die Fäuste flogen in die Gesichter und in null Komma nichts war die Prügelei vor meiner Kasse in vollem Gang. Die Kaugummis wurden als Wurfgeschoss missbraucht, sowie auch die Schokoriegel. Beide Männer fielen dann auch noch in den Chips Stapel und die Chipstüten platzen wie Luftballons auseinander. Der eine steckte dem anderen eine Handvoll Chips in den Mund.

Mittlerweile hatte sich um die Kampfarena eine Menschentraube gebildet. Drei Kunden nahmen all ihren Mut zusammen und versuchten, die Streithähne auseinanderzureißen. Einer der Helfer rutschte aus und stürzte auch in die Chips, die ausgebreitet auf den Fliesen wie Glatteis wirkten. Andere Kunden griffen danach ebenfalls ein und es gelang ihnen gemeinsam, beide Schläger zu trennen und aus dem Laden zu schieben.

Draußen wartete bereits die Polizei.

Wer durfte das Chaos sauber machen? Ich.

Kapitel 8

Kot im Pfandraum

Jeder Discounter besitzt schon seit langer Zeit Pfandautomaten. Manche dieser Automaten sind im Markt verbaut. Bei anderen Filialen gibt es separate Pfandräume. Darin sind oft zwei Pfandautomaten, damit die Kunden nicht lange warten müssen. Diese Automaten werden regelmäßig von uns Verkäufern überprüft, geputzt, die Mülleimer geleert und der Pfandraum gereinigt.

Täglich wird ein Mitarbeiter dazu bestimmt, diese Aufgaben zu übernehmen. An diesem Tag wurde mir die Kontrolle der Pfandautomaten zugewiesen. Zu Schichtbeginn kontrollierte ich den Pfandraum. Da war noch alles in Ordnung.

Nach einigen Stunden kam eine Kundin zu mir und sagte mir ganz leise, dass bitte jemand im Pfandraum nachschauen solle, denn es würde etwas Seltsames auf dem Boden liegen und es würde dort sehr unangenehm riechen. Da ich noch mit anderen Dingen beschäftigt war und mir gedacht habe, dass es so schlimm nicht sein kann, beendete ich erst meine Arbeit am Weinregal. Nach einer Viertelstunde machte ich mich auf den Weg zum Pfandraum. Ich habe wirklich gedacht, diese Kundin macht sich wichtig. Doch so war es nicht. Als sich die Schiebetür zu diesem Raum öffnete, umgab mich ein stechender Geruch und ich habe mir sofort die Hand vor die Nase gehalten. Was ich sah, konnte ich nicht glauben.

Ein dicker brauner Haufen lag in einer Ecke neben dem Mülleimer. Ein Kothaufen und es stank fürchterlich. Bei dem Anblick musste ich sofort würgen. Mein erster Gedanke war: Ich musste den Pfandraum sofort sperren. Aber womit? Als Erstes stellte ich die Schiebetür auf die Position -OPEN-. Dann nahm ich beide Mülleimer und stellte diese als Sperre dazwischen. Über Funk rief ich die Filialleitung und ging aus dem Pfandraum heraus an die frische Luft. Natürlich auch, um die Kunden auf später zu vertrösten. Als ich draußen stand, sprach mich ein älterer Mann an. Er berichtete, dass er gesehen hat, wie jemand in den Pfandraum gekackt hat. Dieser Typ hätte sich die Hose heruntergezogen, neben den Mülleimer gehockt und dort sein Geschäft verrichtet. Er sei sofort in den Markt gelaufen, um Hilfe zu holen, doch er hätte dort niemand von den Verkäufern gefunden. Das war ein unglücklicher Zeitpunkt, denn einige Kollegen hatten gerade in dem Moment Pause. Als er wieder zum Pfandraum kam, war der Mann schon weg.

Die Filialleitung war mit der Sache schnell fertig und meinte, dass ich das jetzt sauber machen soll. Welch undankbare Aufgabe, so eklig. Aber es nutzte alles nichts. Einer von uns musste diese Hinterlassenschaften beseitigen. So machte ich mich auf und holte reichlich Küchenrollen und Putzzubehör und machte mich ans Werk. Nach circa einer halben Stunde konnte ich den Pfandraum wieder für die Kunden freigeben. Den Gestank hatte ich noch für mehrere Stunden in der Nase.

Der Bezirksleiter erzählte uns am nächsten Tag, dass in einer Filiale im Nachbarort in den Pfandraum gepinkelt wurde, dabei aber der Verursacher ausrutschte und in seine eigenen Hinterlassenschaften stürzte.

Was diesem Kunden an dem Tag widerfahren war?
Wir werden es nie erfahren.

Kapitel 9

Wandernde Produkte und angeknabberte Brötchen

In einer Filiale hatten wir seltsame Vorkommnisse. Einige Artikel wurden immer fünf Meter weiter abgelegt. Ich erkläre Ihnen das. Ein Kunde nimmt das Kaffeepäckchen und legt es zum Tee. Dann nimmt er Tee und legt ihn zu den Keksen. Die Kekse trägt er zur Schokolade, die Schokolade zu dem Gummibärchen. Das alles Gang für Gang. Wir laufen dann die Strecke rückwärts und legen alles zurück an den richtigen Platz. Es ist nicht so, dass wir nichts zu tun haben und für solch einen Blödsinn gar keine Zeit haben. An einem Tag habe ich mir von einem Bekannten einen Schrittzähler geliehen, um meine Strecke in einer Schicht zu messen.

26,8 km bin ich in der Schicht gelaufen. Dies nur am Rande.

Sehr ärgerlich ist es, wenn wir Tiefkühlprodukte im Brotregal finden, aufgetaut und für die Tonne. Warum dieser unnötige Blödsinn? Angeknabberte Brötchen und Croissants finden wir zwischen den Weinflaschen und verstehen es nicht. Auf meine aktuelle Nachfrage berichten meine ehemaligen Kollegen, dass das heute noch so ist. Auch der Kunde mit der geplanten Produkt-Verschiebetechnik kommt weiterhin.

Niemand weiß, wer das ist.

Kapitel 10

Blindenhund ohne Einlass

Unseren Markt besuchten täglich sehr viele Menschen. Einige von ihnen haben Behinderungen in verschiedensten Formen. Genau diese Kunden brauchen die Hilfe der Verkäufer. Egal wer, von mir bekam jeder die benötigte Unterstützung.

An einem Tag im Sommer kam eine Frau mit Hund und ihrer Freundin in unsere Filiale. Sie kommt oft, denn sie wohnt nur eine Straße weiter. Der Hund heißt Mira (Name geändert). Mira ist für diese Frau lebenswichtig. Ausgebildet als Blindenhund, begleitet die Hundedame die junge Frau bei all ihren Erledigungen. Bei uns im Ort sind beide bekannt.

Aus Richtung Tiefkühlabteilung hörte ich an diesem Nachmittag lautes Gemecker. Da ich zu weit weg war, konnte ich nicht jedes Wort verstehen. Aber das Wort

Hund konnte ich genau hören. Mir war sofort klar, was da los war. Schon oft hatte es Aufregung bei anderen Kunden gegeben, wenn die blinde Frau mit Mira in unserem Markt einkaufen wollte. Sie nahm den Hund selbstverständlich mit in den Laden. Ohne Mira kann diese Frau sich nicht frei bewegen. Klar, sie hat noch ihren Stock. Jedoch, wenn sie einen Einkaufswagen mitnimmt, hat sie keine Hand mehr für ihren Stock frei.

Von dem Gemecker angezogen, ging ich in Richtung Tiefkühlabteilung. Ein Mann regte sich lautstark darüber auf, dass dieser Hund durch den Laden läuft. Es war die Rede von unhygienisch; er bezeichnete den Hund als Flohteppich und dreckig. Die Frau sagte nichts. Sie kannte diese Diskriminierungen bereits und oft verließ sie dann wortlos den Ort des Geschehens, weil sie einfach unsicher ist, unsinnige Diskussionen zu führen und dies auch nicht möchte. Vor einiger Zeit traf ich sie durch Zufall, habe ich mich länger mit der Frau unterhalten und da hat sie mir Geschichten erzählt, die ich mir nicht vorstellen konnte. Habe ihr aber geglaubt. In einigen Geschäften wird ihr sogar der Einlass verwehrt. So etwas kann ich nicht verstehen.

Bei dieser ungerechten Behandlung habe ich mich sofort eingemischt und dem Mann klargemacht, dass ein Blindenhund eine Ausnahme darstellt und dieses gepflegte Geschöpf selbstverständlich berechtigten Zutritt zu dem Laden hat, wie auch in jedem anderen Geschäft. Der Mann drehte sich daraufhin um und lief murmelnd weiter. Der blinden Frau habe ich gesagt, dass sie und Mira bei uns willkommen sind. Die Kollegen freuen sich, wenn sie Mira sehen, weil sie immer freundlich ist.

Die blinde Frau und ihre Begleitung auf vier Pfoten
kaufen weiterhin in der Filiale. Gelegentlich bekommt
Mira von uns ein Leckerchen.

Kapitel 11

Beschmierte Kundentoilette

In den Märkten, in denen ich gearbeitet habe, gab es keine Kundentoiletten. Dennoch passierte es regelmäßig, dass ein Kunde nach der Toilette fragte. Intern regelten wir es in unserer Filiale so, dass wir die Herrentoilette inoffiziell zur Kundentoilette deklariert haben. So konnten wir der Kundschaft helfen.

An einem Tag wurde eine Kollegin wieder nach einer Kundentoilette gefragt und sie nahm den Mann mit. Dieser benutzte die Toilette und meine Kollegin nahm ihn wieder mit in den Verkaufsraum. Nach einer Stunde fragte erneut eine Kundin nach der Toilette und ich nahm sie mit. Zeigte ihr die Tür zur Herrentoilette, sie ging hinein und kam direkt wieder heraus und fragte mich, ob das mein Ernst sei. Wortlos sah ich sie an, denn ich wusste nicht, was sie mir sagen wollte. Sie fragte nach einer anderen Toilette und da wurde mir bewusst, dass auf der Herrentoilette etwas nicht stimmt. Ich verwies sie auf die Damentoilette und öffnete die Tür zur Herrentoilette. Der Atem stockte mir im Hals.

Der komplette Raum war mit Kot beschmiert. In verschiedenen Richtungen mit Kreisen, Strichen und Punkten bemalt. Das hatte ich noch nie erlebt und schloss die Tür. Mittlerweile war die Kundin fertig und verließ die Toilette. Über Funk bat ich die Kollegen zu mir. Einzelheiten ersparte ich mir bei diesem Funkspruch. Alle Kollegen standen fassungslos im Türrahmen, hielten sich Taschentücher vor die Nase, denn es stank widerlich. Wir fotografierten den Raum und schickten diese Fotos an den Bezirksleiter, mit der Bitte um Rückruf. Es dauerte keine fünf Minuten, bis er anrief und uns fragte, ob wir ihn verarschen wollen. Nach einem langen Telefonat schlug er vor, dass er eine Reinigungsfirma bestellt, welche diesen Raum säubert. Das könnte er von uns nicht verlangen. Wir waren darüber sehr erleichtert.

Das professionelle Reinigungsteam kam voll vermummt und mit vielen Utensilien ausgestattet. Nach ungefähr zwei Stunden war der Raum wie neu.
Jetzt wussten wir aber auch, warum der Mann so lange auf der Toilette verbracht hat.

Ich fragte mich am Abend dieses Tages, ob manche Leute diese kunstvollen Verzierungen auch zu Hause im Bad haben. Eine Antwort habe ich nie erhalten.

Kapitel 12

Weihnachten und Silvester kommen immer so plötzlich

Jedes Jahr wiederholen sich Begebenheiten immer pünktlich zu Weihnachten und zu Silvester. Dennoch kommen diese Feiertage immer so plötzlich und zack ... Weihnachten. Das ist heute noch so. Ehemalige Kollegen, mit denen ich mich unterhalte, bestätigen dieses.

An diesen besonderen Tagen hatten wir besondere Öffnungszeiten. Am Heiligen Abend öffneten wir bis vierzehn Uhr, an Silvester bis sechzehn Uhr. An beiden Tagen starteten wir in der Filiale bereits um sechs Uhr morgens. So war reichlich Zeit für einen Großeinkauf. So sollte man meinen.

Allerdings schafften es manche Leute nicht, bis zur Ladenschließung einzukaufen. Auch in den Tagen davor blieb keine Zeit.

Wir Verkäufer waren völlig überfordert, denn die Zentrale schickte auch an solchen Tagen Lieferungen. In unserer Filiale hatten wir versucht, alles in den Tagen vorher auf Vorrat zu ordern. Funktionierte aber nicht mit allen Artikeln. Sich mit vollgepackten Paletten durch die Gänge zu bewegen, war immer wieder ein Balance-Akt. Und das, ohne einen Kunden zu überfahren. Denn diese gingen nicht zur Seite, wenn du mit einer mannshohen Palette anrollst.

Es wurde gerempelt und gedrängelt. An den Kassen, die natürlich nicht alle geöffnet waren, bildeten sich lange Schlangen. Die Kassierer waren auf ihren Stühlen förmlich festgeklebt. Zum Toilettengang musste ein Kollege diese ablösen.

Wenn der Ladenschluss sich näherte, ging ein Kollege durch die Gänge und wies die Kunden darauf hin, dass wir in zehn Minuten schließen. Der Kollege berichtete dann immer, dass die Kunden auf einmal nur Chinesisch verstanden, er diese Sprache aber nicht beherrschen würde. Niemand reagierte auf seine Aufforderungen. Alle kauften weiter ein. Niemand machte sich Gedanken darüber, dass wir Verkäufer auch eine Familie haben, mit denen wir Weihnachten feiern möchten. Der Ladenschluss war nun da und ein Kollege verschloss die Eingangstür, damit keine weiteren Kunden mehr den Markt betreten konnten. Wir hatten die Pfiffigkeit der Kunden unterschätzt. Sie kamen durch den Ausgang herein, mit Einkaufwagen. Kurzerhand stellten wir einen

Kollegen an die Ausgangstür, welcher die Kunden herausgehen ließ, niemanden aber mehr hinein.

Sie können sich vorstellen, dass das Geschrei groß war, denn manche Leute kamen erst jetzt auf den Parkplatz gefahren.

Apropos Parkplatz. Da habe ich noch ein passendes Thema.

Kapitel 13

Parkplatz – Puzzle

Hier könnte ich auch schreiben: Täglich und immer wieder. Parken ist nicht jedermanns Sache. Viele können es super gut, andere lernen es nie. Die Autos werden größer, die Parkplätze aber nicht. Und so beobachtete ich immer wieder, wie auf dem Parkplatz sehr fantasievoll geparkt wurde. Das war natürlich oft mit Unfällen verbunden. In der Regel leichte Blechschäden. Jedoch gab es bei uns auch zwei heftige Unfälle.

Die Kunden laufen häufig gedankenverloren über den Parkplatz. So auch eine Frau, die das Auto einfach nicht gesehen hatte. Jetzt kann gerätselt werden, warum der Autofahrer nicht angehalten hat. Folgende Situation bot sich mir in der Pause. Der Fahrer des Kfz suchte nach einem geeigneten Platz, um sein Vehikel abzustellen. Selbstverständlich möchte niemand weit zum Eingang laufen und bevorzugt wäre ein Drive-In, damit keiner mehr aussteigen muss. Das Auto kreiste mehrfach über den Parkplatz und ich habe mich gefragt, warum er nicht parkt. Endlich fand er einen Platz gegenüber dem Eingang. Flott begab er sich in die geeignete Position für den besten Einfahrwinkel. Sekundenschnell von ihm berechnet. Das Auto war sehr groß, die Lücke recht klein. Ich weiß nicht, wie oft der Fahrer vor- und zurückgefahren ist, um in diese Parklücke zu passen. Endlich geschafft, stand er schief darin und legte den Rückwärtsgang erneut ein. Bei dem Fahrer möchte ich keine Kupplung sein. In der Zeit der Verkehrsübung, Thema Parken, war hinter ihm alles frei. Jetzt aber ging genau in diesem Moment die Frau hinter dem Auto her. Er sah sie nicht und sie beachtete ihn nicht. Ich habe noch geschrien, weil ich ahnte, was passieren würde. Sie hatte mich nicht gehört und innerhalb von einer Sekunde lag die Frau halb unter dem Auto. Wir riefen den Krankenwagen.

Ein anderes Ereignis ist schnell erzählt. Ein Autofahrer übte auf unserem Parkplatz rückwärtsfahren. Doch er übersah die Betonsäule vor der Eingangstür. Eine Betonsäule mit rot/weisem Anstrich. Er fuhr rückwärts in diese Säule und Betonstücke schlugen in seiner Heckscheibe ein. Mit Kopfschütteln betrachteten wir Kollegen den Schaden, dem Mann war nichts passiert.

Das Ende vom Lied war, dass ein Statiker anrücken musste, um die Stabilität zu beurteilen.

Kapitel 14

Resümee

Fünfzehn Jahre habe ich im Discounter gearbeitet und es war, trotz all den komischen Ereignissen, eine schöne Zeit. Meine Kollegen vermisse ich sehr. Zu einigen habe ich heute noch Kontakt. Ich schätze Euch aufrichtig.

Ein tolles Ereignis möchte ich noch zum Schluss erzählen:

Einmal im Monat kam ein Mann einkaufen. Immer höflich und sehr freundlich. Zu seinem Einkauf gehörte jedes Mal auch ein Strauß Blumen. Diesen schenkte er nach dem Bezahlvorgang der Kassiererin. Einfach nur so, mit den Worten: „Für Sie einen schönen Tag." Das war immer wieder ein wundervoller Moment der Wertschätzung, für jeden von uns.

Leider habe ich ihn nicht wieder gesehen.
Ob er weggezogen ist?

Ich wünsche allen Kollegen viel Kraft und unendlich
starke Nerven. Lasst Euch nicht alles gefallen.

Anmerkung der Autorin:

„*Danke*", sage ich meinem Ehemann, der es geduldig erträgt, wenn ich schreibe und mir immer mit guten Ratschlägen zur Seite steht.

„*Danke*", sage ich auch meiner langjährigen Freundin, für ihre Verbundenheit. Hier aber besonders für ihre beiden Karikaturen zu diesem Buch, die sie mir für dieses Projekt geschenkt hat.